つまらないジョーク

無聊爛GAG怪 2

BUT
i LIKE

點子出版
IDEA PUBLICATION

つまらないジョーク

無聊爛GAG怪

Life is Ridiculous and Full of Jokes

but i like

這世界很荒謬，到處都是笑話，
但我依然喜歡。

角色介紹

Character Introduction

平日最愛講笑搞笑，雖然有些人會覺得很無聊，但他們覺自己鍾意得就可以了，亦是英文名「But I Like」的意思！

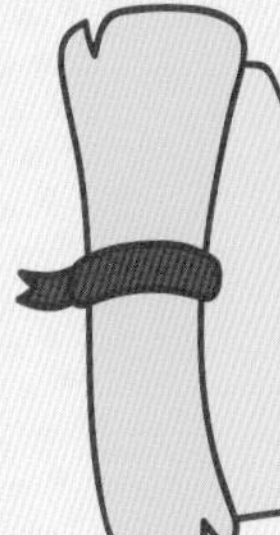

四名成員 BuBu、TiTi、LiLi、KeKe 集合一起組成「But I Like」，他們本身是精靈，又可以化身成不同角色！十分趣怪！

爛GAG之好處

1 語文能力 UP⬆

講笑話需要巧妙搭配詞語，並且熟悉語言的靈活運用，講得多可以幫助我們提升語文表達能力和理解能力。

2 幽默感度 UP⬆

講笑話需要觀察和理解周圍的環境和人事，從中找出有趣或滑稽的元素，這培養了觀察力和洞察力，從生活中尋找快樂和樂趣。

3 氣氛破冰 UP⬆

在陌生人或新團隊中，講笑話是一種很好的破冰方式，可以打破尷尬和僵硬的氣氛，讓我們更快、更加放鬆和開心地進行交流和互動。

4 情緒控制 UP⬆

笑話可以令人忘記痛楚 ，笑聲被證明可以有助於緩解疼痛和不適感。可以讓人感到快樂和輕鬆，有助於減輕壓力和焦慮，提高情緒。

5 橫向思維 UP⬆

講得多，自然流利！學識「取巧」，再普通的事都可以被你講到天花龍鳳。

6 創造能力 UP⬆

許多笑話，都是通過出奇制勝或是扭曲常規的方式來引人發笑，從而培養出創造力和想像力，促進思維的靈活性和創意發展。

1
NOISY!
WORLD

Content
目錄

つまらないジョーク
無聊爛GAG怪 2

Content
目錄

つまらないジョーク
無聊爛GAG怪 2

3
Cosy!
WORLD

Content
目錄

つまらないジョーク
無聊爛GAG怪2
4
Fantasy!
WORLD

Content
目錄

Content
目錄

つまらないジョーク
無聊爛GAG怪
2

つまらないジョーク
無聊爛GAG怪²

有笑就要搞 食字都食飽
NOISY!
WORLD
1

001

成材

魚蝦蟹，邊一個嗰仔比較聽話？

Ⓐ 魚

Ⓑ 蝦

Ⓒ 蟹

Ⓐ 孺子（魚子）可教。

002
OT狂蟲

蜜蜂好勤力，但有一種昆蟲更勤力，係咩？

- A 螳螂
- B 蝴蝶
- C 蜜蜂

B 蝴蝶，因為喋喋（蝶蝶）不休。

003
鱷魚死因

點解鱷魚俾人敲兩下就死？

A 因為細膽

B 因為醜樣

C 因為英文名

C 因為英文名 crocodile (Kok Kok Die)。

004
識飄動物

咩動物
識飄移？

A 海豚

B 馬

C 青蛙

Ⓑ 馬，因為PUMA（飄馬）。

005
最遲鈍的魚

咩魚
係最遲鈍？

Ⓐ 鰻魚

Ⓑ 三文魚

Ⓒ 秋刀魚

Ⓐ 鰻（慢）魚。

006
偉人習慣

世界上，
邊個國家最多
鴨仔？

A 韓國

B 美國

C 德國

007
交通意外

發生交通意外有乜嘢動物會無事？

A 鹿

B 魚

C 倉鼠

B 因為如（魚）無意外。

008
烏龜心

烏龜嘅心臟似咩形狀？

A 石

B 月亮

C 箭

C 箭，因為歸（龜）心似箭。

009
斑馬線

咩動物過斑馬線嘅時候會非常攰？

A 黑猩猩

B 斑馬

C 變色龍

C 變色龍，因為佢要不停變色。

010
長高

咩動物係唔會長高？

- A 烏龜
- B 犀牛
- C 水豚

A 因為龜苓膏（龜零高）。

011
兇手

大蟒蛇俾邊個殺咗？

A 木匠

B 漁翁

C 農夫

B 漁翁，因為漁翁撒網（漁翁殺蟒）。

012
生活難題

咩動物最叻解決生活難題？

A 土撥鼠

B 企鵝

C 馬騮

C 馬騮，因為佢招拆招（見蕉拆蕉）。

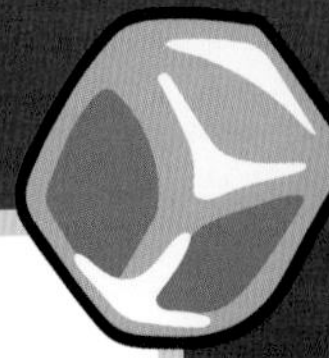

013
英文笑話

咩動物鍾意講英文笑話？

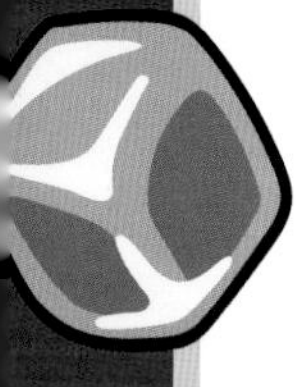

A 鸚鵡

B 老鷹

C 海鷗

B 老鷹，因為英式笑話（鷹識笑話）。

014
女藝員

以下邊三種唔同動物可以組成女藝員？

A 虎、猴、鯉

B 鰻、蛇、獅

C 象、魷、兔

B 鰻、蛇、獅，因為佘詩曼（蛇獅鰻）。

015
打交

一百隻蚊同一百隻蝌蚪打交，邊個會輸？

A 蝌蚪

B 蚊

C 兩敗俱傷

A 一百隻蝌蚪，因為百科全書（百蝌全輸）。

016
地獄廚神

羊、驢同馬，邊個最驚入廚房煮嘢食？

A 馬

B 羊

C 驢

C 因為爐具（驢懼）。

017
鰻魚姓氏

鯉魚姓李，金魚姓甘，鰻魚係姓咩呢？

Ⓐ 萬

Ⓑ 節

Ⓒ 魚

Ⓑ 係姓「節」呀！因為萬聖節（鰻姓節）！

018
運輸

豬欄要搬，啲豬仔要用咩嚟運送？

A 骨頭

B 貨車

C 魚眼

C 魚眼，因為魚目混珠（運豬）。

019
黑社會

黑社會大佬最鍾意咩馬？

A 野馬

B 斑馬

C 河馬

B 斑馬（俗語「搵人幫手／請救兵」的意思）。

020

出嫁動物

學生最鍾意
咩動物出嫁？

A 老鼠

B 藍鯨

C 鸚鵡

A 老鼠，因為暑假（鼠嫁）。

021
開蓋

扭唔開樽蓋時，要搵咩動物幫手開蓋？

A 松鼠

B 青蛙

C 孔雀

C 孔雀，因為孔雀開屏（開瓶）。

022
哈利波特搵嘢

哈利波特唔見咗隻貓頭鷹，要去邊搵返？

Ⓐ 池塘

Ⓑ 院子

Ⓒ 地牢

Ⓑ 院子，因為櫻桃小丸子（鷹逃小院子）。

023
皮卡皮卡

卡比獸改個咩姓氏，可令自己更加幸福？

A 施

B 林

C 彭

A 施，因為「施比受（施比獸），更有福」。

024
美國蜜蜂

從前有隻蜜蜂去咗美國之後變咗咩？

A 大蜜蜂

B 胡蜂

C USB

C USB (US Bee)。

025
放鴿子

小明被小珍放咗鴿子，邊個最開心？

A 小明

B 小珍

C 鴿子

C 鴿子。

026
明辨是非

魚、蝦、蟹，
邊個最能明辨
是非？

A 蟹

B 蝦

C 魚

C 魚，如（魚）眼睛可分對或錯，《情的代價》歌詞。

027 餓狼傳說

狼同羊放係同一卡地鐵車廂內，但係點解狼冇食咗隻羊？

因為地鐵禁止飲食。

028 不死小明

小明由 20 樓失足跌落樓，但結果佢冇死到，反而死咗隻雞，點解？

因為小明要「劏雞還神」。

029 猜拳

蠍子和螃蟹玩猜拳，
點解玩了咗兩天，
都係分唔出勝負呢？

因為兩個都淨係識出剪。

030 驚驚

究竟天鵝最驚啲咩？

力，鵝驚力 (Organic)。

031 熊仔大會

開熊仔大會之前要講句咩嘢？

小熊圍嚟（小熊維尼）。

032 魚蝦蟹

湖入面原本有魚蝦蟹，點解第二日只發現剩低魚同蟹？

蝦已奔（哈爾濱）！

033 馬車

遠古年代，
點解有馬車之後會
無哂人力車？

馬爾代夫（馬已代夫）。

034 信任

小何成日講大話，
但點解小瑪都仲係
咁信小何？

阿瑪信何（亞馬遜河）。

035 比賽獎品

馬騮參加比賽贏咗，獎品有相機，電飯煲同手機，佢會想要咩？

相機，因為識自動變焦（蕉）。

036 豬的改變

有一隻豬，佢走啊走啊，走到英國，結果佢變咗做啲咩？

PIG。

037 四腳蛇

甲、乙同丙三條四腳蛇爬緊牆，突然「乙」跌咗落嚟，點解之後另外兩條都跌埋落嚟？

當乙跌咗落嚟之後，另外兩條拍掌叫好，所以失足跌埋落嚟。

038 群體生活

點解蟲咁鍾意群體生活？

從（蟲）不喜歡孤單一個！（歌名）

039 變雞

人係咩情況下會變成雞？

淋雨的時候會變「落湯雞」。

040 棟篤笑

點解做棟篤笑嘅表演者，通常都著對鬆啲啲嘅襪？

咁先可以幽默（揄襪）。

041 長頸鹿

點解長頸鹿條頸咁長？

因為佢要等啲樹長高，「等到頸都長埋」。

042 屬於你

有乜嘢係屬於你，但係就成日都俾人用？

你的名字。

043 過馬路

玻璃杯同咖啡杯
一齊過馬路，
突然有架車衝埋嚟。
呢個時候有人大叫…

睇車呀～！

最後玻璃杯撞碎咗，
咖啡杯冇事…

點解嘅？

因為咖啡杯有耳仔！

044 食壽司

小明同小珍一齊去食壽司，
食到得返最後兩件，
佢哋揀唔到邊個食邊件…

不如呢兩件壽司都
一人一半啦…

都好喎！

你…你做咩夾晒啲
魚生唔要飯呀？

一人一半呀嘛，
我要魚，你要飯。

…

045 深井

有日，有兩個人跌咗入一個好深嘅井入面，一死一生還，救援隊對住個井大叫…

死嘅人叫咩？

叫小明！

咁生嘅人叫咩？？

叫緊「救命」呀！

046 傾電話

小明同小美傾電話，
小明發現自己講咩
對方都會笑。

從前有三個他…

嘻嘻嘻！(HeHeHe)

從前有三個禮堂…

呵呵呵！(HallHallHall)

047 英文老師

小明英文科成績差，
爸爸搵咗一個補習老師，
佢哋喺WhatsApp初次聯絡。

小明爸爸你好～
我係英文王子田老師！

（又會有人自稱英文王子嘅）
哈，你好，田老師。

我姓王㗎…

哦，唔好意思，
王老師！

048 數學老師

小明數學科成績退步，
爸爸又搵咗一個補習老師，
佢哋喺 WhatsApp 初次聯絡。

小明爸爸你好～
我係數學王子高老師！

（又想用呢招陰我，哈）
你好，王老師。

我姓高㗎…

吓…

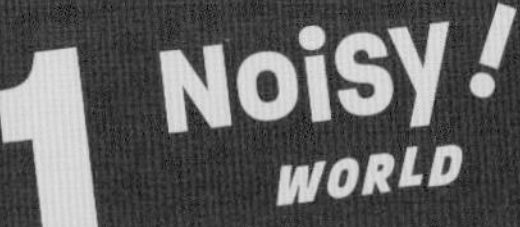

對稱的對聯①

049

本日行程行日本

050

黃大仙海鮮大王

051

慳水大師大水坑

052

李澤楷上街摘梨

053

火炭燒烤燒炭火

054

土耳其人祈已禱

對稱的對聯②

055

百老匯內會老伯

056

虛報大學大埔墟

057

樂天古人古天樂

058

沙田圍周圍填沙

059

寶林坐車坐林寶

060

打邊爐企爐邊打

061
考完腦力考眼力 ①

找出 6 處不同吧！

つまらないジョーク
無聊爛GAG怪 2

2
做人唔講笑 生活點美妙
Messy!
WORLD

062
圓形 VS 正方形

圓形同正方形跑步鬥快，邊個會贏？

A 圓形

B 正方形

C 一齊輸

B 正方形，因為鉛筆刨（圓不跑）。

063
小偷最怕

小偷最怕邊三個字母？

Ⓐ AJK

Ⓑ OPS

Ⓒ ICU

Ⓒ ICU (I See You)。

064

望咩望

數字1至10
邊個唔望得？

A 9

B 4

C 2

B 因為莫斯科（莫 See Four）。

065
正義文具

乜嘢文具最正義？

A 
膠水

B 筆

C 間尺

B 因為見死不（筆）救。

066
偉人習慣

邊個偉人最鍾意揸住啲爛車軚？

A 牛頓

B 畢卡索

C 拿破崙

C 拿「破輪」。

067
記憶力大師

邊位音樂家係背書高手？

A 莫扎特

B 貝多芬

C 巴赫

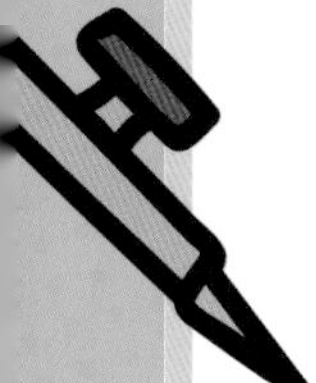

B 貝多芬，因為背多分。

068
作詩

邊個詩人係唔識得作詩？

A 威尼

B 李白

C 雨果

A 因為威尼斯人（威尼詩人）係一個地方。

069
皮膚顏色

唐朝嘅人，皮膚係咩色？

B 銀色

C 銅色

A 金色，因為金玉滿堂（金肉滿膛）。

070
水之問題

有咩水即使喺正常室溫下都唔係液體？

A 墨水

B 薪水

C 檸檬水

B 薪水。

071
顏色登雪山

唔同顏色一齊去雪山，咩顏色最快會凍？

A 深紫色

B 軍綠色

C 深灰色

072
落後

七大洲之中，邊一個係全世界最落後？

A 亞洲

B 非洲

C 歐洲

C 歐洲 (Out 洲)。

073
動脈的形狀

靜脈係管狀，咁動脈又會係咩形狀？

B 圓形

C 星星形

B 圓形，因為動物園（動脈圓）。

074
考試

邊個器官考試考得最差？

A 胃

B 大腸

C 肺

A 因為胃仙U（胃先U）。

075
皮膚顏色

關公遇溺
（估一成語）

A 傾盆大雨

B 大驚小怪

C 紅顏禍水

C 紅顏禍水。

076
歷史人物

邊個歷史人物跑得最快？

A 曹操

B 達聞西

C 牛頓

A 曹操，因為「一講曹操曹操就到」。

077

海

世界上咩海係最大？

A 紅海

B 苦海

C 地中海

B 因為苦海無涯。

078
返學瞓覺

邊個教育機構嘅學生一返學就會瞓著？

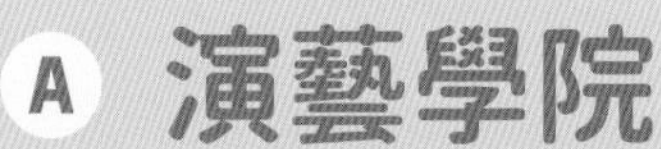

A 演藝學院

B 浸會大學

C 職業訓練局

C 職業訓練局，簡稱「職訓」（即瞓）。

079
長高

A至Z邊兩個字近排最多人鍾意聽？

A CD

B MC

C FM

B MC（歌手：張天賦）。

080
飛站

地鐵成日會飛邊個站？

A 太子

B 將軍澳

C 北角

C 北角，因為不經不覺「不經北角」。

081
心驚驚

音樂堂，Do、Re、Mi 邊個最嘈？

A 因為 Rachel（Re 嘈）。

082
遲到

小明個
大舅父遲到
(估一玩具)

A 大富翁

B 他媽哥池

C 爆旋陀螺

B Tamagotchi (他媽哥遲)。

083
冬天的冠軍

咩人最唔怕凍？

A 日本人

B 芬蘭人

C 雪人

C 雪人。

084
估字

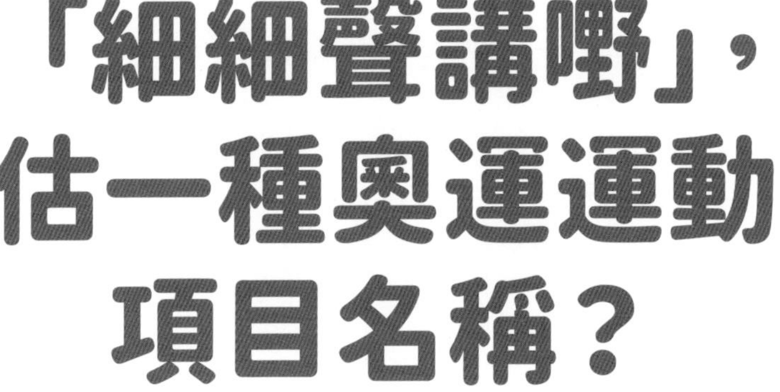

「細細聲講嘢」，估一種奧運運動項目名稱？

A 籃球

B 柔道

C 桌球

B 柔道。

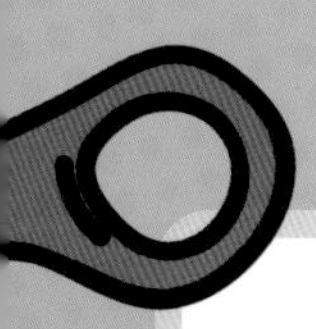

085

被上帝親吻過的國家

邊一個國家最受神明眷顧？

Ⓐ 土耳其

Ⓑ 丹麥

Ⓒ 加拿大

Ⓐ 土耳其（禱已祈）。

086
算術

點解刺客唔鍾意開燈計數？

A 慳電

B 太忙

C 暗算

C 因為佢鍾意「暗算」。

087
兄弟姊妹

有弟弟
有姊姊有妹妹
(估一字)

A 歌

B 拖

C 梳

A 歌，因為欠哥哥。

088 化學堂

上化學堂，將碳酸鈉、硫酸銅、硝酸三樣化學物質混合一齊結果會點？

會俾老師罰留堂！

089 模範生

點解模範生咁易俾人綁架？

因為佢哋係好榜（綁）樣。

090 只想放假

點解暑假一定比寒假長？

 因為熱脹冷縮。

091 短途車

點解搭短途車嘅學生，特別開心？

 因為佢哋都好快落（快樂）車。

092 姓氏

要 1 唔要 2，
要 3 唔要 4，
要東唔要西，估一個姓氏。

陳。

093 做皇帝

學生考 DSE 有准考證，
做皇上要有咩證？

「登基」證。

094 APPEAL 成功

阿明、阿美同阿強三個人 appeal 英文卷，得一個 appeal 成功，係邊個？

 阿美升 Grade（Amazing Grace）。

095 抽居屋

房署又有新一批居屋推出，嫦娥、趙子龍同李白，邊個會去申請？

 趙子龍，因為將軍抽居。

096 紙飛機比賽

紙飛機鬥遠比賽已經開始咗，點解一個參賽者都見唔到？

因為個個都係「放飛機」高手！

097 數字遊戲

係咩時候 0 會大過 2，2 又會大過 5？

包剪揼。

098 五行

金、木、水、火、土五行，邊個俾人啱住「唔好偷走」？

水，因為水蜜桃（水勿逃）！

099 乖孩子

父母鬧交嘅時候，孩子最好站係哪一邊？

旁邊……

100 農業

「唔用牛耕田」
猜一個首都名稱。

馬尼拉（馬嚟拉）。

101 沒帶功課

小明唔記得帶功課返學，
第一時間要搵咩？

搵藉口。

102 BB國

邊一個國家，有最多BB仔？

 係…英國（嬰國）。

103 唐詩300

跌咗本《唐詩 300 首》落海會變咗咩？

 唐詩詠（唐詩泳）。

104 顏色問題①

有日，小明同小美去咗寵物店。

黑貓黑色，
白貓白色，
掛喺牆上嘅貓係乜嘢色？

裝飾囉！

咁「出貓」係乜嘢色？

唔識…

105 顏色問題②

小明同小美繼討論緊
貓嘅顏色…

可以放入衫袋裡嘅貓
係乜嘢色？

的式。

咁好叻嘅貓係乜嘢色？

Um…

出色！

106 睇醫生

有日，
小明去咗睇醫生…

你邊度見唔舒服呀？

醫生，我摸自己塊面會痛，摸背脊又會痛，總之摸邊都覺得痛呀！我係咪有絕症呀？

你係手指骨折呀！

107 體罰

有日，譚 Sir 被投訴
體罰小明。成個教員室都
議論紛紛…

聽講今次小明老豆
好堅持追究到底呀…

小明老豆叫咩名呀？

阿湯！

咁真係湯告老師
（Tom Cruise）喎！

108 基的問題①

前一排，
同事阿基遇到好多麻煩事，
人人都係背後笑佢…

知唔知好多人問阿基借錢之後唔還？

我知啊…

你點知嘅？

呢排個個都叫佢「提款」基呀嘛。（提款機）

109 基的問題 ②

過咗一排，
阿基告上法庭追債…

阿基呢排好多官司，
又有個新花名。

我知啊，「訴訟」基呀嘛。
（宋仲基）

唔知佢贏唔贏到呢？

一定唔得，因為佢
而家叫「嘥心」基。
（嘥心機）

對稱的對聯①

110

江燁生去新北江

111

志偉賭馬賭位置

112

周星馳手持星週

113

王菀之做知縣王

114

梁釗峰話風超涼

115

李燦森真心撐你

對稱的對聯④

116

深水埗瀑布水深

117

中環上車上環中

118

大角嘴人嘴角大

119

良景街市街景良

120

茶果嶺一嶺果茶

121

大長今食柑長大

122
考完腦力考眼力②

找出 8 處不同吧！

つまらないジョーク
無聊爛GAG怪2

3 一齊搖一搖 唔會再無聊

cosy!
WORLD

123
大笨蛋

咩生果最蠢？

A 提子
B 香蕉
C 士多啤梨

B 因為Banana (笨 nana)。

124
撚手小菜

經理唔識煮飯，但佢有一道菜特別拿手，係咩？

Ⓐ 羊腩煲
Ⓑ 咕嚕肉
Ⓒ 炒魷魚

Ⓒ 炒魷魚。

125
真相永遠只有一個！

餐廳入面有人偷嘢，邊個最有可疑？

Ⓐ 大廚
Ⓑ 食客
Ⓒ 經理

Ⓑ 食客，因為佢有點東西（有啲嘢）。

126

瘦身大計

住喺地球上邊度會比較難減到肥？

A 倫敦

B 東京
C 巴黎

A 倫敦，因為曼秀雷敦（慢瘦倫敦）。

127
無聲水果

咩水果
係最文靜？

Ⓐ 柑
Ⓑ 西柚
Ⓒ 火龍果

Ⓐ 沉默是金（柑）。

128

力學

一條頭髮，可以拉得郁乜嘢生果？

A 梨
B 芒果
C 奇異果

A 梨，因為法拉利（髮拉梨）。

129
新年後

農曆新年過後，好容易患上一種病，係咩病？

A 強迫症
B 暴食症
C 畏高症

C 畏高（糕）症，因為食得太多年糕蘿蔔糕。

130
燒賣關注組

一粒黃色嘅燒賣跌咗落地會變咗咩色？

哎呀！

可惜……

131

風B!

風生咗一個小朋友，會叫咩名？

玄學術語

水起，因為風生水起。

132
飲食禁忌

飛機師從來都唔食邊一種食物？

A 糖醋魚
B 醉雞
C 東坡肉

B 醉雞（墜機）。

133

花

咩花最滑？

Ⓐ 櫻花

Ⓑ 太陽花

Ⓒ 豆腐花

C 豆腐花。

134
尋母

Oero嘅媽媽係邊個？

著名日本電子
遊戲角色

Mario（媽 ero）。

135
賴死唔走

邊種水果會行嚟行去唔願走呢？

Ⓐ 香蕉
Ⓑ 榴槤
Ⓒ 青檸

Ⓑ 榴槤（流連）。

136
五個兄弟

去FIVE GUYS 一定會睇到啲乜嘢？

快餐中的
主要食物

漢堡包（看……看堡包）

137
濃味梨

雪梨、水晶梨、鴨咀梨都唔係，咩梨嘅味道最濃？

一種茶名

138
比較

用椰子同榴槤扑落個頭，邊一個比較痛？

Ⓐ 椰子
Ⓑ 榴槤
Ⓒ 兩者皆非

C 頭比較痛……

139

MEAN

咩交通工具鍾意話人肥？

A 火車

B 直升機

C 渡輪

B 直升機，因為一起飛就 Fat Fat Fat Fat 聲。

140

受傷

點解細路哥食飯果時成日俾嘢捛親？

一種港式
街頭小食

因為碗仔翅（剃）。

141
飲醉

白蘿蔔飲醉會變咩？

A 紅蘿蔔
B 蘿蔔湯
C 青蘿蔔

A 紅蘿蔔。

142
受歡迎嘅爐

大人最鍾意打邊爐，咁小朋友最鍾意咩爐？

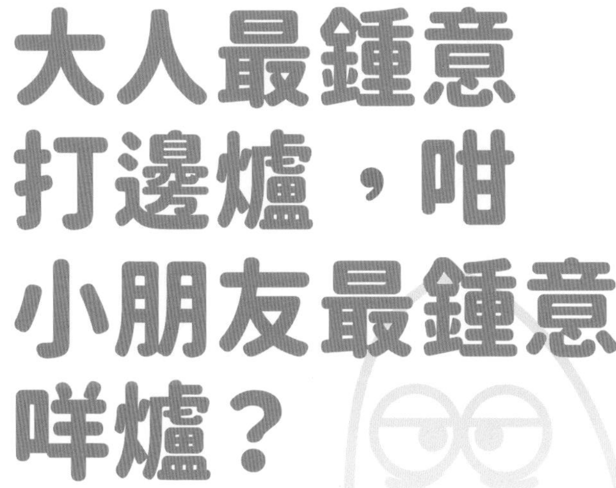

麥當勞。

3 Cosy! WORLD

143
冰塊的理想

冰塊最想做咩事？

兩個字

退伍，因為佢當兵（冰）太耐了。

144
壺的顏色

水壺係藍色，
尿壺係白色，
咩壺係黑色？

一種港式
甜品

芝麻糊。

145

潮婆婆

阿婆電髮（估一種食物）

銀絲卷。

146
當造水果

幾時先係摘蘋果嘅最佳時機？

左望望、
右望望

冇人嘅時候。

147
殘忍包

世界上最殘忍嘅包係咩包呀？

一種鹹麵包

係腸仔包！因為佢揙人哋個仔！

148
午餐限定

中廚煮中餐，西廚煮西餐，乜嘢廚只係煮午餐？

一個英文詞彙

Lunch。

149 餐枱禮儀

就算啲嘢幾難食，我哋都唔可以講唔鍾意呢兩個字，點解？

因為「唔鍾意」係三個字。

150 行山記

紅豆同綠豆行山，綠豆碌咗落山，點解綠豆碌咗落山變咗紅豆，而喺山上嘅紅豆變咗綠豆呢？

因為綠豆流血，紅豆嚇到面青青！

151 衰人

成日唔食邊種水果，個人就會變衰？

係柿，因為變「無恥（柿）之徒」。

152 腎虧

如果去食飯，碟餸好鬼鹹應該要點做？

係要「等」，因為時間可以沖淡一切。

153 食金屬

食邊一隻金屬，會令人一食就好易肥？

不鏽鋼（不瘦鋼）。

154 勼了

香蕉好勼會有咩病？

焦慮（蕉累）！

155 後繼無人

點解喺歷史上明王帝後繼無人？

因為佢個仔明太子俾人食咗⋯

156 買月餅

前年喺皇玥買月餅，舊年喺嘉麟樓買月餅，咁今年應該喺邊度買？

金鏈（今年）喺周大福買。

157 全天候餐廳

餐廳二十四小時營業，估一個天文學名詞？

日全食。

158 買一對

咩魚唔可以單買，係要一買買雙數？

白飯魚。

159 投訴信

姓陳同姓李兩個人寫投訴信，但最終只有一個人有勇氣寄出去，係邊個呢？

姓李嗰個，因為「李錦記（敢寄）」。

160 不同形狀

買嘅時候係正方形，打開嘅時候係圓形，食嘅時候係三角形，係咩？

Pizza。

161 中式料理

請用 3 個姓氏拼出一個中式料理？

荷葉飯（何葉范）。

162 唔誠實數字

1 至 10，邊個最唔誠實？

9 (Lie)。

163 赴湯蹈火

咩情況下，每個人都會主動地發揮赴湯蹈火精神？

打邊爐嘅時候。

164 死蠢老公

香港邊個女藝員，成日鬧個老公死蠢？

吳君如（吾君愚）。

165 士多啤梨

小明偷入咗鄰居嘅士多啤梨園偷食士多啤梨，結果被鄰居發現咗…

你叫咩名？
我要話俾你家長知！

冇用架。

點解！

我爸爸媽媽已經一早知道我叫咩名。

…

166 唔 OK

有日，
小明同小智講…

喂！唔 OK 喎！

吓？唔 OK 呀？
咁你等等我搵下先！

搵咩呀？

唔 OK 咁咪搵 7 仔囉！

167 左右不分

有日，
媽媽同小明過馬路…

小明，過呢條馬路
要望住右邊呀！

望左。

你聽唔到我叫你望
住右邊咩？！

都話望咗囉！

…

168 上山睇夜景

有日，小明約咗心儀嘅女仔上山睇夜景，
此時一陣涼風吹過…

小美，妳凍唔凍？

咁體貼嘅你，唔凍呀！

咁妳件外套可唔可以借嚟著呀？我好凍呀！

169 睇醫生

有日，小明發生車禍之後跑去搵醫生，醫生幫佢睇完之後，就同佢講…

小明，你聽我講。

係！醫生！

你條頸甩咗骹，
你暫時唔好郁條頸，
否則你就會死！

（點頭）

…

170 去開大

有日，大熊同
白兔一齊去開大，
大熊就問白兔…

你通常開大之後呢，
會唔會介意有啲屎
黐咗落啲毛度㗎？

唔介意，我咁多毛，
黐咗啲屎都好正常㗎！

（一手攞起白兔抹Pat Pat）

鬼馬三字經①

171

咪做多！

172

十八樓・自己友

五湖四海皆兄弟。

173

周身郁・扮忙碌

辨工妙法。

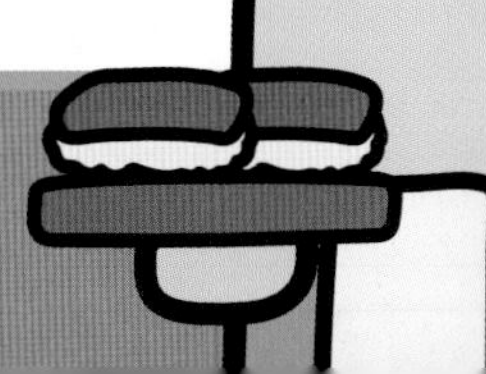

174

有Quali・大餐屎

越勁越有機！

175

密密Call・冇甩拖

大佬好嘢！

176

面撞面・好面善

你係…

鬼馬三字經②

177

大肚Dum‧冇良心

衰人！

178

人嚇人‧好易暈

嚇死人咩。

179

贏粒糖‧輸間廠

貪小失大呀！

180

頭岳岳・四圍踱

諗到條發達大計未！

181

擔欖仔・霸頭位

聽故仔…

182

中間界・騎呢怪

心理變態…

3 Relax! Break

183

考完腦力考眼力③

找出 8 處不同吧！

つまらないジョーク
無聊爛GAG怪²

4

古怪問一問 無啦啦好運

Fantasy! WORLD

184

鬧交

Hello 同 HiHi 有日鬧交，邊個輸咗？

A Hello

B HiHi

C 兩者皆輸

B HiHi，因為 Halloween (Hello Win)。

無聊爛GAG怪 2

つまらないジョーク

185
飛機之謎

Marvel邊個角色搭唔到飛機？

要唔要提示？

反派角色

Loki洛基，因為佢會俾人叫「落機」。

186
沈默的明星

邊個男明星唔鍾意講早晨？

要唔要提示？

姓吳男明星

吳彥祖（唔言早）。

187
職安真漢子

邊一種行業唔會有工傷？

A 旅遊業

B 零售業
C 餐飲業

B 零售業，因為係一個零售商（零受傷）。

188

職位招聘

邊個身體部位最啱做文員？

A 口

B 耳

C 鼻

C 鼻，因為要做文（聞）書工作。

189
落雨

晴天陰天雨天，咩天氣唔好講粗口？

要唔要提示？

A 晴天
B 陰天
C 雨天

C 雨天，因為粗言穢語（畀雨）。

190
剪布

咩布係剪唔斷？

要唔要提示？

大自然景觀

瀑布。

191
跑步比賽

阿楊、阿木同阿儀去賽跑…最尾邊個會贏？

Ⓐ 阿楊
Ⓑ 阿木
Ⓒ 阿儀

Ⓐ 阿楊，因為洋蔥（搶衝）。

192

室外晾衫

喺咩公眾地方晾衫係最傻嘅事？

兩個字

欄杆，因為難乾。

193
對不起

邊種個人用品最易認錯？

要唔要提示？

Ⓐ 沐浴露
Ⓑ 牙膏
Ⓒ 梳

C 梳（Sor）。

4 Fantasy! WORLD

194

直路

香港邊一區係冇直路？

要唔要提示？

A 中西區
B 荃灣區
C 沙田區

B 荃灣（全彎）。

195
大喊包

Marvel 英雄邊個最易喊？

擁有無窮力量嘅角色

Hulk（喊）。

196
亞當夏娃

亞當同夏娃結婚時，最大嘅遺憾係咩？

唔通係禮金？

無人嚟婚禮。

197
好嬲呀

有乜嘢係
你越嬲，
佢就越大？

要唔要提示？

呢樣嘢
你一定有

脾氣。

198
出生入死

邊個地方可以出生入死？

要唔要提示？

呢個地方
你一定都去過

醫院。

199
心驚驚

掂到身體咩部位會心驚驚？

A 眼睛
B 手臂
C 腳趾

A 眼，因為觸目驚心。

200
運動項目

有咩運動項目掉轉嚟搞會變咗一份工作？

兩個字

柔道，因為柔道掉轉會變道柔。

201
唔做Gym日

點解星期一至星期五都唔好去做Gym？

要唔要提示？

因為係 weekday (weak day)。

202
捉不到

有啲咩係右手
永遠捉唔到？

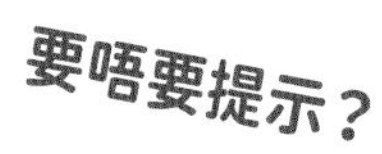

遠在天邊
近在眼前

右手。

203
自學職業

咩職業係唔使人教，自然就會識做？

A 騎士
B 巫師
C 獵人

B 巫師，因為「無（巫）師自通」。

204
編織大法

織冷衫可以保暖無咁易生病，咁織咩會病？

四字成語

織爐，因為積勞成疾（織爐成疾）。

205
見面時

A見到B，A一定會同B講啲乜？

要唔要提示？

一種味道
強烈嘅綠色
植物

Wasabi（What's up,B?）。

206
不准遲到

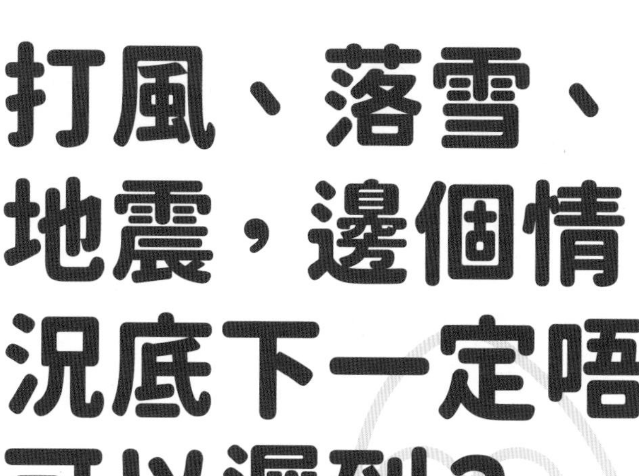

打風、落雪、地震，邊個情況底下一定唔可以遲到？

A 地震
B 打風
C 落雪

C 落雪，雪米遲（雪咪遲）。

207
表白

如果你想表達愛意，要送一箱咩畀對方？

一廂（箱）情願。

208

尋峰記

點解林峯同林海峰永遠都唔會同台演出？

一種病名

因為會傷風（雙峰）嘛！

209
公公

有咩人未做爸爸就已經做咗公公？

要唔要提示？

一種
古代職位

太監。

210 過橋

當渡海小輪駛埋去青馬大橋嘅時候，你會同自己講一個咩字？

直，因為船到橋頭自然（言）直。

211 嚴禁吸煙

點解孕婦唔食得煙？

因為肚入面個小朋友未滿十八歲。

212 寒冷天氣警告

天氣越來越凍，點解小明唔著多件衫，反而要除衫？

因為佢要沖涼。

213 拒絕上天堂

小明死後可以上天堂，但點解佢唔肯跟天使升天呢？

因為佢有畏高症。

214 身份證

如果跌咗身份證，點算好？

執起佢。

215 轉冷

點解天氣一凍，個個都咁憤怒？

因為個個都要褸（嬲）呀！

216 旅行費

屋企係意大利嘅小明想去東京，要洗幾多錢？

 $0，因為小明淨係想啫～

217 性格不同

點解大口仔淨係識鬧人，而 Hello Kitty 淨係識得自責？

 因為「有口話人冇口話自己」。

218 分心

點解一個人可以一邊刷牙一邊吹口哨？

因為佢刷緊假牙。

219 娶唔到老婆

點解大雄娶唔到靜香？

靜香（工藤靜香）嫁咗俾木村托哉。

220 WhatsApp

點解諗到一個笑話要即刻 WhatsApp 畀人？

 因為一觸即發（一 Joke 即發）。

221 睡公主

王子錫咗睡公主之後，睡公主點解唔起身？

 因為佢係度賴床。

222 酸酸

從前有個小朋友叫酸酸好受朋友歡迎，但點解去到中年就冇晒朋友？

因為去到中年佢變咗「酸酸叔叔」。

223 靠右行駛

點解揸 Tesla 靠右駛會安全啲？

因為菩薩保右（佑）。

224 做家務

點解周國賢要自己做家務？

 因為「終點（鐘點）一世也未到」。（《地下街》歌詞）

225 開心佛

咩佛會成日笑？

 哈佛。

226 大減價

有日，有間名店
一折大減價，朱太就衝咗
入去大手掃貨…

聽講朱太買完出黎之後就死咗…

咩話？點死㗎？

抵到死！

227 尋人啟事

有一日，一條深海魚，
喺海入面自由自在
得游啊游…

你好似有啲唔開心喎？

點解啊？

因為壓力好大啊！

228 割掉耳朵

有日，
醫生問小明…

如果將你一邊耳朵割掉
你會點？

我會聽唔到嘢！

咁割掉埋另一邊耳朵呢？

我會睇唔到嘢！

點解呢？

因為我會戴唔到眼鏡㗎！

229 睇車

有日，
小智同比卡超
去咗車行睇車…

你好呀，我想買車。

請問先生嘅預算同
心儀牌子係咩呢？

十萬，福特！

呀！！！！！！！
（被電的聲音）

230 牛肉麵

有日，
小明走埋去圖書館
櫃檯同職員講…

唔該，我想要一碗
牛肉麵。

先生，呢度係圖書館。

Sorry! 我要一碗牛
肉麵（輕聲）。

231 神仙願望

有日，
小芳遇到一位神仙…

我可以實現你一個願望！

我想要一隻獨角獸。

呢個願望唔太實際，
可唔可以換過個呀？

咁我想要一位男朋友。

想要咩顏色嘅獨角獸？

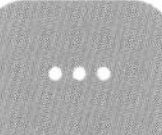

Sick唱一齊唱①

232

聽新聞聽出意粉

羅力威 - 雙子情歌

233

沒有乳腺但我高貴

梁詠琪 - 灰姑娘

234

當潮流要愛爭鮮

陳奕迅 - 無條件

235

毛髮可分析的一對手

Beyond - 真的愛妳

236

我捨不得你爺爺

鄭秀文 - 捨不得你

237

杏仁露裏穿梭

AGA - 孤雛

Sick唱一齊唱②

238

岳飛可終生美麗

鄭秀文 - 終身美麗

239

成碟青瓜過大海

張敬軒 - 櫻花樹下

240

很感激沖繩的狗

梁漢文 - 七友

241

葉問越傷心

蘇永康 - 越問越傷心

242

給你最愉快的燒鵝

謝安琪 - 年度之歌

243

欺騙大家有羅蘭

衛蘭 × JW - 男人信什麼

244
考完腦力考眼力④

つまらないジョーク
無聊爛GAG怪2
找出 6 處不同吧！

ANSWER!

考完腦力考眼力
答案①

考完腦力考眼力
答案②

ANSWER!

考完腦力考眼力
答案③

考完腦力考眼力
答案④

BUT i LIKE

網店專區

ideapublication.com

01 精選人氣書籍

《無聊爛GAG怪2》

來吧！雙倍搞笑，
加強版笑彈放送！

《無聊爛GAG怪》

睇到反晒白眼！
全中文笑話大集合！

《英文軟糖笑話》

笑住學英文GUM都得！
齊來JOKE發快樂對話！

02 ButiLike 眼啤熊 Figure

12cm × 8cm × 7cm

初回限定版

黑色幽默版

* 圖片只供參考，一切以實物為準

03 **ButiLike**
四色帆布袋
40.5cm×38.5cm（高×闊）

04 **ButiLike 防水膠貼系列**
約 7.5cm×8.5cm 範圍內

動物系列

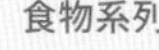

食物系列

精靈系列

05 **ButiLike「幽」襪系列**

06 **ButiLike 透明書夾**

全店凡購滿$400全港免運費！
BUTiLIKE 網店專區

It's the Meaningless Laugh

but i like

再無意義的笑，

我也喜歡。

無聊爛GAG怪
つまらないジョーク

Designed in Hong Kong. Printed in China. Ideapublication.com by Idea Publication 2024.

つまらないジョーク

無聊爛GAG佬²

AUTHOR But I Like
(_butilike)

EDITOR 點子出版編輯部
DESIGNER 陳希頤 Tiffany Chan

PRODUCTION 點子出版 Idea Publication
www.ideapublication.com

PUBLISHER 點子出版 Idea Publication
ADDRESS 荃灣海盛路 11 號 One MidTown 13 樓 20 室
INQUIRY info@idea-publication.com

PRINTER CP Printing Limited
ADDRESS 北角健康東街 39 號柯達大廈二座 17 樓 8 室
INQUIRY 2154 4242

DISTRRIBUTOR 泛華發行代理有限公司
ADDRESS 將軍澳工業邨駿昌街 7 號 2 樓
INQUIRY gccd@singtaonewscorp.com

PUBLICATION DATE 2024 年 9 月 30 日 (第二版)

ISBN 978-988-70116-5-1
FIXED PRICE $98

つまらないジョーク

無聊爛GAG怪 2